DEBUT D'UNE SERIE DE DOCUMENTS
EN COULEUR

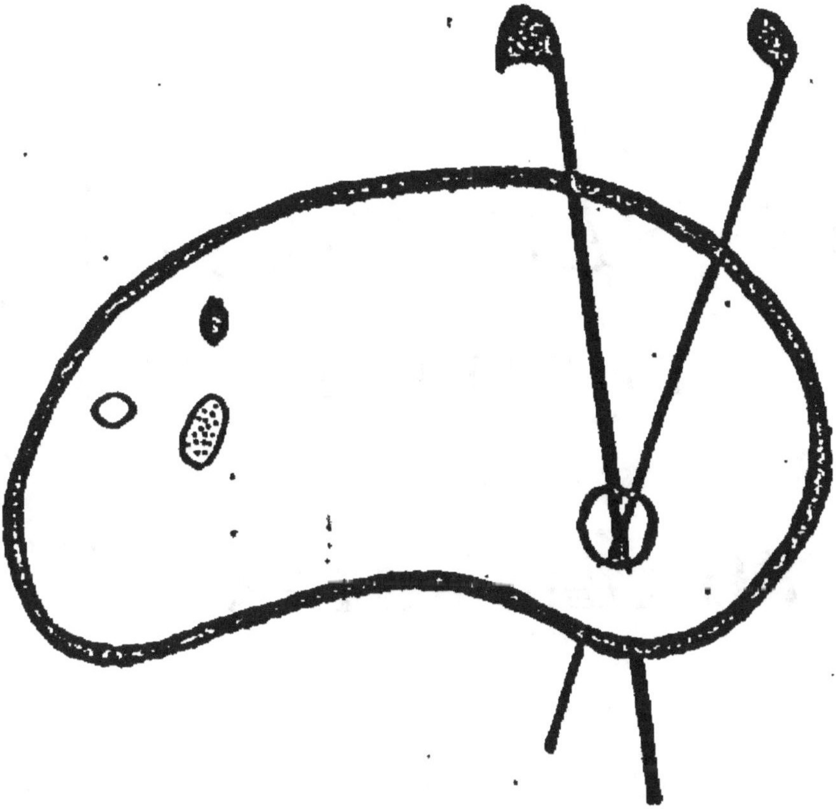

N° 9.

...OTHÈQUE-OMNIBUS

JULES DENIZET

# UN SAUVETEUR

## DE VERTUS

## 30 CENTIMES

PARIS

LUCIEN WINTER, Éditeur

50-52, passage Jouffroy

1878

# BIBLIOTHÈQUE-OMNIBUS

## Chaque roman complet. Prix : **30** centimes.

Cette publication à bon marché est un recueil de nouvelles dues à la plume de nos meilleurs romanciers.

## 8 volumes sont déjà parus :

N° 1. La Tante Fanny, *souvenirs du XVIIIe siècle*, par CALLIXTE.

N° 2. Le Volontaire de 1870, par Henry de FOVILLE.

N° 3. Une Madeleine. — La fille du fermier, par Emile RICHEBOURG.

N° 4. Le Briseur d'images, par Emmanuel GONZALES.

N° 5. Ma Voisine, par Léon HERCE.

N° 6. La fleur du Montenegro, par Francis TESSON.

N° 7. La Pièce d'Or fêlée, par N. BLANPAIN.

N° 8. Les Anges de la famille, *Miss Mary*, par Etienne ENAULT

N° 9. Un Sauveteur de Vertus, par Jules Denizet.

---

Plusieurs autres volumes des conteurs les plus aimés du public sont sous presse :

La Protection inconnue, par Auguste DE FRARIKRE.

Un Corsaire sous la Terreur, par G. DE LA LANDELLE.

Les Manies d'un Propriétaire, par Henri AUGU.

Une Sirène sous Louis XIV, par Th. LABOURIEU.

La Fausse route, par Adolphe FAVRE.

Regrets éternels ! par Auguste HERCE.

La Bibliothèque-Omnibus indique bien sa portée et son but : lecture facile, accessible à toutes les bourses. Par la variété, par le choix de ses nouvelles, elle offre aux lecteurs les plus délicats comme aux lecteurs les plus avides d'émotions, un délassement aussi attrayant que peu coûteux. C'est la *Bibliothèque de poche* de la campagne et de la ville; elle se lit entre deux trains, elle a sa place à tous les foyers. Elle n'exclut que deux genres; le genre ennuyeux et le genre scandaleux; sa devise est: Originalité dans le sujet, intérêt dans l'action. Chacun de ses volumes est le livre de la jeunesse, de l'âge mûr et de la famille, et son bon marché légitime surtout son titre principal de :

### *Bibliothèque-Omnibus.*

---

65. Poitiers, imp. de l'Ouest. — Paris, rue d'Aboukir, 3.

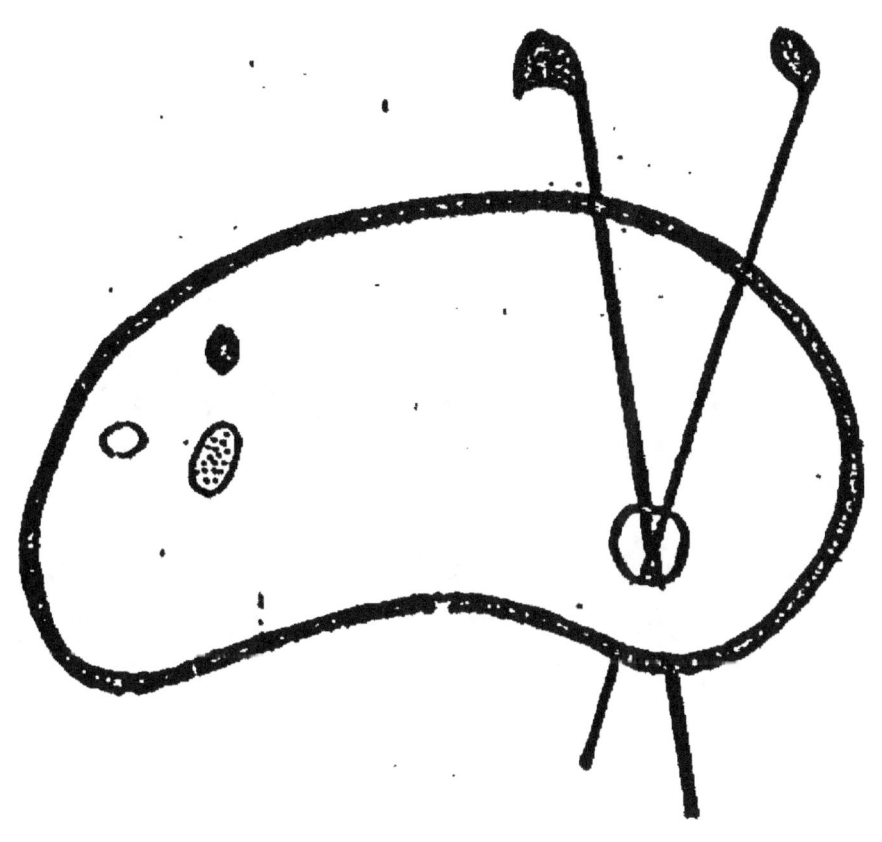

FIN D'UNE SERIE DE DOCUMENTS
EN COULEUR

# UN SAUVETEUR

## DE VERTUS

Poitiers, typ.-lith. de l'Ouest : J. BESSAYRE. — Paris, 3, rue d'Aboukir.

BIBLIOTHÈQUE·OMNIBUS

JULES DENIZET

# UN SAUVETEUR

## DE VERTUS

## 30 CENTIMES

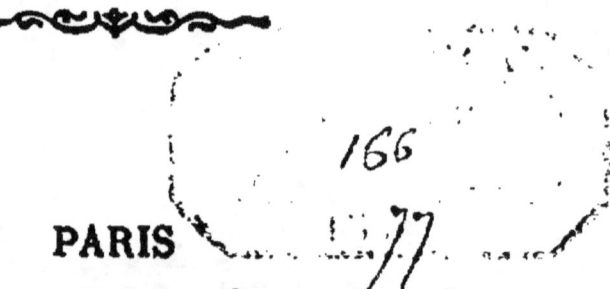

PARIS

LUCIEN WINTER, ÉDITEUR

50-52, passage Jouffroy.

1878

# UN SAUVETEUR DE VERTUS

## I

OU L'ON VOIT QUELLE EST LA CAUSE
PRINCIPALE DE LA DÉTÉRIORATION
DU MOBILIER DANS UN MÉNAGE.

Le déjeuner terminé, madame s'était
retirée dans sa chambre et monsieur
était rentré dans son cabinet de tra-
vail.

La bonne, après avoir desservi la
table et remis les siéges en place, pro-
cédait au balayage de la salle à manger avec une humeur qui se traduisait
par le heurt continu de son balai de
crin contre tous les meubles.

Mademoiselle avait ses nerfs; et
c'était sa manière de scander et de
ponctuer ses réflexions intimes quand

il lui arrivait, de la part de ses maîtres, quelque contrariété dans ses petites combinaisons.

Tout en tarabustant l'acajou, elle marmottait entre ses dents des imprécations qui, — différence gardée de sujet, de temps, de lieu et de personne, — rappelaient de loin, de très-loin, les célèbres imprécations de Camille.

—Oh! les maîtres! tous les mêmes!... s'il est permis d'être tyrans à ce point!... Pas de danger qu'ils sortent, aujourd'hui que j'aurais besoin d'être seule!... Pour un pauvre petit jour de congé qu'IL a obtenu... Dieu sait au prix de quels mensonges!... juste, ils restent. C'est ça un guignon!... J'avais si bien combiné tout!... Madame, tous les jeudis, va passer l'après-midi chez une baronne; monsieur, c'est son jour de séance à son comité... Pourquoi ne s'en vont-ils pas?... Pour de la déveine, c'en est. Demander à sortir?... Ah! oui, je la connais : si monsieur dit oui, madame dira non... ou, si c'est madame qui dira oui, ce sera monsieur qui dira

non... jamais ça ne rate. O baraque
de maison !... Heureusement que çà
paye bien... sans çà... Ce pauvre
Philéas, je suis sûre qu'il se morfond
au soleil, dans la rue, à guigner leur
départ. Ma foi, tant pis ; si dans une
heure ils ne sont pas partis, je brave
la défense : je le fais monter à la cuisine... et s'ils ne sont pas contents...
ils en chercheront une autre.

Le balayage et le soliloque avaient
fini juste en même temps. Ce fut au
tour du plumeau de caresser les meubles.

La petite bonne s'escrimait d'estoc
et de taille contre les siéges et les
lambris, qui n'avaient nul besoin
d'être époussetés avec tant de vigueur,
lorsque simultanément deux mains
emprisonnèrent sa taille, des lèvres
effleurèrent son cou à la naissance des
cheveux et une voix gazée de mystère
souffla à son oreille ce mot :

— Chut !

Un romancier expert se serait ar-
rangé de façon à arrêter son feuilleton
sur cette situation, et aurait ajouté :

Quelle s'étaient ces mains ?
A qui appartenaient ces lèvres ?
De quel larynx sortait cette voix ?
C'est ce que nous saurons bientôt ?

*(La suite à demain.)*

Quoique cette histoire soit bourrée de situations palpitantes, nous n'emploierons pas ce procédé suspensif, et nous espérons que notre récit n'y perdra rien en intérêt.

## II

COMMENT L'AFFRANCHISSEMENT D'UNE
LETTRE, QUI COUTERAIT DIX CENTI-
MES DANS DES CIRCONSTANCES OR-
DINAIRES, PEUT COUTER VINGT
FRANCS.

— Là ! comme vous y allez, monsieur Sosthènes, fit aussitôt la petite
bonne en se dégageant des mains qui
l'étreignaient.

— Plus bas, Nicolle, plus bas.

— Vous avez quelque chose à me
demander ?

— Et à te donner, Nicolle, répliqua
Sosthènes.

Nicolle tendit la main, comme l'eût

fait une soubrette élevée dans les sai-
nes traditions de la Comédie-Fran-
çaise :

— J'écoute, dit-elle.

— Où est-IL ?

— Qui ?

— LUI.

— Là !

Et elle désignait une porte ouvrant
sur l'aile droite de l'appartement.

— Et ELLE ? reprit Sosthènes.

— Ici.

Et Nicolle indiquait la gauche.

— Porte-lui cette lettre.

— A monsieur ?

— Mais non ; à ma cousine.

— Impossible.

— Et pourquoi ?

— Ici, voyez-vous, les lettres non
affranchies sont rigoureusement re-
fusées.

Sosthènes ouvrit son porte-monnaie
et en tira un timbre-poste qu'il mouilla
et colla sur sa lettre.

— Là, maintenant, reprit Nicolle
qui avait suivi cette opération en riant
au nez de Sosthènes, allez la jeter à la

poste ; il y a une boîte en face, chez
l'épicier.

Sosthènes était affreusement myope,
et malgré le verre qu'il portait perpé-
tuellement enchâssé sous l'arcade sour-
cilière gauche, il ne s'était pas aperçu
du rire narquois de la petite bonne,
son attention tout entière s'étant con-
centrée sur la recherche et le collage
de son timbre de deux sous.

— Bon Dieu ! que vous êtes bête,
monsieur Sosthènes ! continua Nicolle
en haussant les épaules ; un beau
garçon comme vous, qui est pourri de
chic, comme on dit dans votre monde...
Quel âge avez-vous donc ?

— J'ai vingt-deux ans, Nicolle...

Une idée lumineuse traversa tout à
coup son cerveau.

— Oh ! c'est vrai que je suis bête,
Nicolle, reprit-il, c'est Elle qui me fait
perdre la tête. Tiens... est-ce cela ?

Et il lui mit vingt francs dans la
main.

— C'est donc un rendez-vous ? interrogea Nicolle.

— Silence et discrétion !

— Œil ouvert, bouche close.

— Je me sauve ; adieu.

Sosthènes s'esquiva sur la pointe des pieds.

— Bon ! se dit Nicolle, madame sortira. Et d'une !

En cet instant un son de cornet à bouquin se fit entendre au fond de l'appartement de droite.

— La corne de monsieur ! Il était temps.

Et, sans se déranger, la petite bonne continua le cours de ses réflexions ; elle se disait :

— Ce n'est peut-être pas bien délicat ce que je fais là ; bah ! l'argent n'a pas d'opinion. D'ailleurs je ne sais pas ce qu'il y a dans cette lettre. Et puis, qui veut la fin veut les moyens : je n'ai pas envie de passer toute mon existence au service des autres... et les chemins de traverse abrègent les distances.

Un autre son de cornet plus aigu retentit dans l'appartement de gauche.

— Allons, bon ! madame, à cette heure.

Presque aussitôt un troisième son

de cornet, tenant le milieu entre les deux premiers, résonna dans la cour de la maison.

— Ah!... c'est lui... c'est Philéas ! je reconnaîtrais sa voix entre mille... Il m'avertit qu'il est là...

Puis le cornet de droite recommença son appel ; puis ce fut le tour du cornet de gauche, — tous deux alternant comme l'aspiration et l'expiration d'un accordéon.

— On y va, mon Dieu, on y va ! s'écria Nicolle, ne sachant à qui répondre. Sont-ils agaçants ! quelle maison insensée !

# III

POURQUOI, CHEZ M. FOLLAVOINE, LES SONNETTES ET LES TIMBRES ÉTAIENT REMPLACÉS PAR DES CORNETS A BOUQUIN.

L'histoire de M. Follavoine est celle de beaucoup de personnes — non pas arrivées, mais — parvenues.

Parti de son village simple cantonnier de chemin de fer, en sabots et avec un écu dans sa poche, — c'est de tradition, — il avait, à force d'économies et de petits trafics, fini par amasser une fortune qu'il décupla par de chanceuses opérations de Bourse.

Arrivé à la cinquantaine et au million, il eut un retour d'humilité ; et,

en souvenir de son point de départ,
il se procura un cornet à bouquin
qu'il affirmait à tout le monde être
celui qui lui servit au début de sa car-
rière, et dont il n'avait jamais voulu
se séparer, à seule fin d'avoir toujours
présent aux yeux, à l'oreille et à l'esprit l'humble condition d'où il était
parti.

Cet excès d'orgueil, cette vanité
outrée ne sont point rares chez les
parvenus.

A part ce petit travers, M. Follavoine était un excellent homme, tout
rond, très-gai et fort estimé de toutes
ses connaissances.

Deux ans avant la mémorable jour-
née qui vit se développer le petit
drame bouffon dont nous venons d'en-
treprendre le récit, il s'était marié
avec une jeune personne fort comme
il faut de la province, Mlle Aréthuse
de La Fontaine, et dans la corbeille de
noces de sa future il avait placé, au
milieu des bijoux, un mignon cornet
à bouquin en argent doré.

Il fut décidé que, dans la maison,

on remplacerait les sonnettes pros-
crites par un cornet pour appeler les
domestiques.

Et, en effet, sauf à la porte d'entrée
de l'appartement, où la sonnette était
de force majeure, cet instrument télé-
phonique ne quittait ni le mari ni la
femme.

Est-il besoin de dire que celui de
M. Follavoine était tout simplement
en corne.

Aréthuse avait un cousin, de six
mois plus âgé qu'elle, et que son mari
fit venir aussitôt à Paris. Grâce à la
position importante qu'il occupait dans
l'administration d'un chemin de fer, il
procura à ce jeune cousin un avancement rapide.

Maintenant que le lecteur connaît
les personnages, reprenons le fil de
l'histoire.

# IV

OU NICOLLE PROFITE DE SA SITUATION
DE CONFIDENTE POUR DEVENIR IM-
PERTINENTE ENVERS SA MAITRESSE.

Nicolle, appelée à droite, appelée à gauche, et ne trouvant pas de raison pour obéir à l'un plutôt qu'à l'autre, était dans la position de l'âne de Buridan placé entre deux picotins, et comme lui elle restait immobile au milieu de la salle.

Tout à coup la porte de gauche s'ouvrit violemment, et Aréthuse entra.

— Eh bien ! que faites-vous là ? Vous êtes donc sourde ce matin ? dit-elle d'un ton aigre qui révolta Nicolle.

— Moi, sourde? si je suis sourde il y en a d'autres.

— Voilà une demi-heure que je vous sonne.

— Madame appelle ça sonner.

— C'est bien; je n'aime pas les observations.

— Comme madame voudra.

— Monsieur sort-il ?

— J'en ignore, madame. Monsieur n'a pas l'habitude de me dire ce qu'il doit faire... pas plus que madame.

— Je ne vous demande pas de réflexion.

— Je ferai observer à madame...

— Qu'est-ce à dire ? Encore ?

— Eh bien ! oui, madame; encore, là. Si je ne lui conviens plus, madame n'a qu'à le dire.

— Ce ton... en vérité... fit Aréthuse, surprise de cette révolte que rien ne lui avait fait présager.

— C'est que, voyez-vous, pour être domestique, on n'en est pas moins femme, et...

— Sortez... ou j'appelle monsieur.

— Oh ! monsieur peut venir, répli-

qua Nicolle sans s'émouvoir; et si on
était méchante....

— Des menaces ! ah ! c'est pousser
trop loin l'impertinence... et je vais...

— Madame aura tort. Je suis per-
suadée que si madame consultait
monsieur son cousin...

Aréthuse, qui se dirigeait vers le
cabinet de son mari, s'arrêta subitement.

— Que voulez-vous dire ?

— Oh ! rien, fit Nicolle, en jouant
l'indifférence.

— Voyons, achevez... M. Sosthènes
est venu... que vous a-t-il dit ?

Si j'avais été sourde... comme madame me le reprochait tout à l'heure...

Un très-fort son de cornet à bouquin
interrompit Nicolle, et en même temps
des pas précipités se firent entendre
dans le cabinet de M. Follavoine.

— Tenez, madame, prenez vite,
reprit Nicolle en donnant la lettre de
osthènes à Aréthuse qui s'enfuit
aussitôt dans son appartement.

Au même instant Philoxène Folla-

voine, son cornet en sautoir, ouvrait
la porte de son cabinet.

— Nicolle ! Nicolle !

— Monsieur m'a appelée ? répondit Nicolle qui venait d'exécuter une
contre-marche en arrière, et semblait
ainsi arriver de la cuisine.

— Je ne fais que ça depuis une
demi-heure, repartit M. Follavoine
sur un ton qu'il essayait de rendre
brusque, mais qui se fondit aussitôt
à l'aspect du petit museau gouailleur
de Nicolle. Ma femme ? ajouta-t-il à
mi-voix en interrogeant du regard et
les yeux de sa bonne et la porte de
l'appartement d'Aréthuse.

— Elle s'habille.

— Bon. J'ai à te parler, Nicolle.

— Dites, monsieur, je vous écoute.

— Quand ma femme sera partie.

— En voilà une tuile ! se dit à part
elle Nicolle.

M. Follavoine, qui voulait proba-
blement faire pressentir à Nicolle le
sujet dont il avait l'intention de l'en-
tretenir, continua :

— Sais-tu bien que tu es joliment appétissante tout de même !

Et il se mit à rire d'un air gauche, et comme étonné de son audace.

— Oh !... fit Nicolle au comble de l'étonnement. Qu'est-ce qui vous prend aujourd'hui, monsieur ?

— Sais-tu bien que tu es faite au moule ! ajouta-t-il en avançant les mains pour lui prendre la taille.

— Bas les pattes ! fit Nicolle en reculant.

— Un baiser, Nicolle.

— Ah ça, mais, monsieur, je trouve que vous vous émancipez joliment.

— Sur ta joue plus fraîche qu'une pêche.

— Voulez-vous bien finir, à la fin.

— Un seul, Nicolle, un tout petit.

— J'appelle madame, menaça Nicolle.

— Tu as trop d'esprit pour cela, friponne ! répliqua M. Follavoine en pirouettant sur lui-même d'un air régence qui fit rire Nicolle aux éclats.

— Ah ! ah ! ah ! monsieur, êtes-vous drôle comme ça !

Et la rusée fille, toujours riant, s'enfuit à sa cuisine.

M. Follavoine s'élança sur ses traces.

# V

OU L'ACTEUR QUI VA JOUER DANS CETTE HISTOIRE LE ROLE LE PLUS IMPORTANT, QUOIQUE PASSIF, ENTRE EN SCÈNE.

C'était un vaste canapé, en treillis de canne, un vieux meuble de famille, provenant du trousseau d'Aréthuse, datant de l'Empire.

Ses proportions n'étaient nullement en rapport avec les modèles des meubles actuels. On pouvait facilement s'y asseoir à six personnes. Le dossier, également en treillis de canne, avait une élévation proportionnée à la profondeur du siège.

M. Follavoine avait converti ce ca-

napé en lit de repos, au moyen d'un
matelas et de deux oreillers ; le tout
recouvert de housses, dont l'une, des-
cendant jusqu'au parquet, cachait les
pieds très-élevés de ce meuble d'un
autre âge.

# VI

## DE LA MIGRAINE ARTIFICIELLE EMPLOYÉE COMME MOYEN DE PERSUASION.

Aréthuse, quittant sa chambre, vint s'asseoir sur le canapé, et, se renversant à demi sur l'oreiller, elle songea :

— Sosthènes m'avertit que M. Follavoine est convoqué d'urgence pour une heure au conseil d'administration... Il ne s'agira plus que d'éloigner Nicolle.... et de me dire malade pour avoir un prétexte à rester.

A ce moment, M. Follavoine, qui avait fait de vains efforts pour pénétrer dans la cuisine, revenait un peu penaud.

— Bah ! pensait-il, la rose n'a d'épines que pour celui qui veut la cueillir... C'est vous, chère amie, dit-il en

apercevant sa femme ; qu'avez-vous
donc ? votre charmant visage me
semble contracté.

— En effet... un peu de migraine.
Vous ne sortez pas !

— Non ; un mémoire important auquel je mets la dernière main me
cloue au cabinet. Mais vous-même,
chère amie, ne devez-vous pas...

— Vous avez séance aujourd'hui ?

— On se passera de moi ; mais qui
vous a dit...

— Vous-même, je crois.

— Moi ? je n'en ai pas ouvert la
bouche.

— Dites tout de suite que j'en ai
menti, répliqua Aréthuse avec aigreur.
En vérité, monsieur, je ne sais qui
vous fréquentez depuis quelque temps,
mais vous devenez d'une impoli-
tesse....

— Moi ? moi ? exclama Philoxène
Follavoine, ébahi de surprise à un
reproche si peu mérité.

— Vous faites tout pour me contrarier, reprit Aréthuse en s'efforçant
de pleurer ; vous ne me dites que des

sottises... que je suis donc malheureuse !

M. Follavoine réfléchit aussitôt que s'il ne cédait pas, la scène de l'attaque de nerfs allait inévitablement avoir lieu et pouvait durer assez longtemps; il en prit son parti.

— Voyons, chère amie, veux-tu que je te conduise chez madame de Blainville?

— Non.

— L'air, la promenade te feront du bien.

— Non.

— Veux-tu que je reste auprès de toi?

— Non.

— Pour te tenir compagnie?

— Non, non, non.

— Voyons, calme-toi ; je vais m'enfermer dans mon cabinet.

— Non.

— Préfères-tu rentrer dans ta chambre?

— Non, là.

— Alors, que veux-tu? Parle.

— Vous le savez bien.

— Je t'assure....

— Si. Quand j'ai la migraine, tout m'irrite; je ne puis souffrir personne autour de moi, vous le savez bien, pourtant. Mais vous vous faites un plaisir de me contrarier en tout. Laissez-moi; moi, monsieur, je vous déteste.

— C'est-à-dire que tu me chasses.

— Je ne vous chasse pas.

— Tu tiens donc beaucoup à ce que j'aille à cette réunion?

— Cela m'est bien égal.

— Eh bien, alors?

— Ah! que vous êtes assassinant! s'écria Aréthuse au comble de l'impatience et jouant l'exaspération.

— C'est bien, je rentre passer mon habit; je vous laisse à vos humeurs noires, madame...Ce que femme veut...

# VII

## DE LA SOUMISSION ARTIFICIELLE EM-PLOYÉE COMME MOYEN D'AVOIR LA PAIX DANS LE MÉNAGE

M. Follavoine ne fut pas plus tôt rentré dans son cabinet qu'Aréthuse se leva vivement et courut à sa chambre. Toute trace de migraine avait subitement disparu.

— Bon ! se dit Nicolle qui, de la pièce voisine où elle écoutait, avait entendu les dernières répliques des deux époux ; monsieur sort aussi. Enfin !... Pourvu que ce pauvre Philéas ne se soit pas lassé d'attendre !... Il est là, fidèle au poste, se dit-elle ensuite après avoir été regarder par la fenêtre ; ce que c'est que d'avoir été militaire !

Comme M. Follavoine arrivait pour prendre congé de sa femme, Aréthuse tout habillée sortait aussi de sa chambre. Elle courut à son mari, et de l'air le plus aimable, du ton le plus câlin qu'elle put prendre, elle lui dit :

— Mon ami, j'ai réfléchi : je vous ai bourré tout à l'heure, vous ne le méritiez pas, vous si bon ! Pardonnez-moi ; c'est cette affreuse migraine. Aussi, vous le voyez, je cède à vos conseils ; je veux bien sortir.

— Alors, vous ne tenez plus à ce que j'aille...

— Au contraire, mon ami, je veux vous accompagner jusque-là ; le grand air me fera du bien ; puis j'irai chez la baronne, où vous viendrez me prendre après votre séance.

— Vous êtes charmante, ma chère Aréthuse ; vous êtes le modèle des épouses.

Dans leur fort intérieur, monsieur se disait : Je fais demi-tour, et je reviens ; et madame : Quand je l'aurai vu entrer, je raccours.

# VIII

## DE L'INFLUENCE DE LA PROFESSION SUR LA MANIÈRE D'EXPRIMER SES SENTIMENTS. L'AMOUR EN LANGAGE DE CHEMIN DE FER.

Pendant que les époux Follavoine descendaient l'escalier, Nicolle, qui avait été barricader la porte d'entrée, se disait en pensant à son maître :

— Ces vieux, ça a beau s'habiller comme les jeunes, ça ne les rajeunit pas pour cela. Monsieur a beau me faire des avances, ce n'est pas encore lui qui me fera oublier mon Philéas.

Au même instant, et par l'escalier de service, pénétrait dans l'antichambre un homme de vingt-huit à trente

**3**

ans, au teint bronzé par le hâle ; c'é-
tait, à en juger par son costume, un
cantonnier de chemin de fer.

Telle avait été la rapidité de son as-
cension, qu'il respirait comme souffle
une locomotive.

— Bfou !... Bfou !... Bfou !... Bonjour, mamzelle Nicolle... Bfou !

— Oh ! cé pauvre garçon ! a-t-il
chaud !... un verre de vin vieúx ?

Et, sans attendre son acquiescement,
Nicolle prit dans le buffet une bouteille
à cachet noir entamée dont elle lui
versa coup sur coup deux grands
verres que l'homme à la blouse ingur-
gita avec une rapidité de train-poste.

— Ça va-t-il mieux ?

— Incomparativement. Ah ! Nicolle !... que quand une fois la flamme
de l'amour elle est sous la chaudière
du sentiment... que la locomotive de
mon cœur elle sait gravir les rampes
les plus verticalement obliques pour
arriver nonobstant à la station de la
réciproque entre nous. Pour parcourir
la ligne de l'amour, de l'hymen et du
bonheur, depuis que vous m'avez fait

un signe, c'est moi qui chauffe à toute
vapeur. Car vos yeux, Nicolle, c'est
comme qui dirait des fanaux, des si-
gnaux, et je les vois toujours briller
même quand vous n'êtes pas là.

Nicolle écoutait de toutes ses oreilles.
Pendant que son amoureux parlait,
elle se disait à elle-même :

— Comme il s'exprime bien ! Et pour
le bon motif encore !

Puis, tout haut :

— Mais, mon bon Philéas, qui est-ce
donc qui t'a appris de si belles phrases,
que ça vous entre dans le cœur comme
une flèche !

— Que c'est un don naturel de la nature, Nicolle ; que l'amour le développe
inclusivement dedans l'imagination du
soldat français, et qu'il s'y trouve incor-
poré indubitablement, même quand il
est redevenu simple civil, sans cesser
d'être légitimement z'amoureux.

— Tu m'aimes donc bien, mon bon
Philéas ?

— Si je vous aime, Nicolle ! c'est-à-
dire qu'il n'y a pas dans le langage vul-
gaire de la poésie des mots assez dé-

monstrativement péremptoires pour
vous dépeindre le feu de ma flamme.
Je vous aime comme le chauffeur aime
sa chaudière; je vous aime comme la
vapeur aime l'espace; je vous aime
comme le fourneau aime le charbon de
terre, comme un tender assoiffé d'eau
aime l'embarcadère, comme l'électri-
cité aime l'étincelle; je vous aime...
comme un dératé! Et quels rêves de
bonheur je fais jours et nuits!... Je vous
vois déjà, incontinent que vous serez
mame Philéas, dans notre petite mai-
sonnette du chemin de fer, coiffée crâ-
nement du chapeau ciré sur l'oreille,
vêtue de la jupe courte rayée, ne pluss'
ne moinss' que la vivandière de mon
ex-régiment..., le drapeau z'à la main,
d'un geste explicatif, sans ouvrir la
bouche, dire aux convois que les chemins sont hermétiquement z'ouverts,
et qu'ils peuvent continuer leur mar-
che... Ah! nom d'un ballast! Nicolle!
que vous pourriez bien donner des dis-
tractions aux mécaniciens qui passe-
ront devant vous, tout de même; et que
plus d'un chauffeur il sera tenté d'allu-

mèr à la flamme de vos deux yeux le combustible du foyer de charbon qui met le mouvement z'en train, et le train z'en mouvement !

Nicolle était ébaubie de ce flux de paroles. Elle comprenait sans comprendre ; mais elle se délectait au char··e des comparaisons et des projets d'a·· ·nir de son amoureux. Cependant la dernière phrase lui sembla si singulière, qu'elle ne put s'empêcher de baisser les yeux et de rougir pudiquement.

— Oh ! Philéas, fit-elle pendant que son amoureux reprenait haleine, vous me dites des choses...

— Mais vous les méritez incomparablement plus que toutes les femmes de votre sexe, vu que vous leur z'y êtes supérieure à mes yeux, et que vous êtes tout simplement un vrai diamant. Et puis, j'ai rêvé aussi d'un petit chérubin dans son petit berceau... Il était joli !... oh ! mais joli !...

— Pourvu qu'il ressemble à son père, c'est tout ce que je demanderais.

En prononçant cet aveu, Nicolle fixait

si tendrement ses yeux sur ceux de Philéas, que celui-ci, enivré, l'embrassa.

Au même instant un coup de sonnette
très-violent retentit à la porte de l'antichambre.

# IX

## COMMENT UNE FEMME PEUT SE REPROCHER MILLE FOIS L'IMPRUDENCE QU'ELLE A COMMISE EN ACCEPTANT UN RENDEZ-VOUS, SANS SONGER UNE SEULE FOIS A NE POINT S'Y TROUVER.

Le coup de sonnette provenait assurément d'une main habituée au commandement. Les deux amoureux semblaient pétrifiés.

— Ce ne peut être ni monsieur ni madame ; ils ne doivent rentrer qu'à cinq heures, dit enfin Nicolle.

Un coup de sonnette plus fort que le premier résonna.

— Ah ! mais que c'est totalement incohérent de carillonner ainsi, exclama Philéas, et que je vais incontinent lui apprendre la politesse...

— Non, j'y vais, reprit Nicolle, reste ici.

Un troisième coup de sonnette se fit entendre continu jusqu'à ce que Nicolle eût ouvert la porte.

Pendant ce temps, Philéas, resté seul dans la salle à manger, s'assit sur le canapé, puis s'y coucha tout de son long.

— Fameux meuble tout de même ! se disait-il. Que c'est indubitablement préférable pour faire un somme. Aussi que j'en mettrai un comme ça dedans la corbeille de noces de ma Nicolle.

Son soliloque fut interrompu par une conversation qui avait lieu dans l'antichambre.

— En vérité, je ne sais ce que vous avez aujourd'hui... me faire sonner trois fois !

Au ton irrité qui accentuait ces paroles, Philéas comprit que c'était la bourgeoise qui rentrait. Craignant d'être découvert, car il savait la défense expresse qui avait été faite à Nicolle de recevoir aucune visite, il se laissa glisser à terre et se blottit sous le canapé.

Aréthuse traversa la salle à manger, entra dans sa chamber où, en un tour de main, elle se débarrassa de son châle et dé son chapeau, puis revint presque aussitôt avec une lettre.

— Portez ceci à son adresse, dit-elle à Nicolle qui l'avait suivie et qui des yeux cherchait Philéas devenu invisible.

— Loin, madame? interrogea Nicolle.

— Rue de Bourgògne.

— Mais, madame, je ne serai jamais rentrée pour faire le dîner.

— Le dîner attendra... vous pourrez prendre l'omnibus.

— Quel dommage tout de même! pensait Nicolle. Ma foi, je vais laisser la porte entr'ouverte; comme cela, il pourra s'en aller.

Et Nicolle sortit à regret et en rechignant.

Philéas se disait à part lui :

— Vraisemblablement que la bourgeoise va rentrer dans sa chambre et

que je pourrai me débloquer et rejoin-
dre Nicolle.

—Enfin! exclama Aréthuse, me voici
seule ! Et elle vint s'asseoir sur le canapé. Ah! Sosthènes, soupira-t-elle,
quelle comédie m'avez-vous forcée de
jouer pour ce rendez-vous que je n'aurais pas dû accorder !... Tout à l'heure
je le désirais, à présent je le redoute.

— Tiens, tiens, tiens! se dit Philéas ; la bourgeoise me fait l'effet de
s'embarquer dans un train de plaisir.

— Il va venir, continua Aréthuse;
je sais bien que c'est mal de le recevoir ici, chez mon mari... et je n'ai
pas la force de me soustraire à cet en-
traînement fatal qui me pousse. Ah!
si c'est du fruit défendu, pourquoi la
femme du premier homme nous a-
t-elle montré l'exemple ! Pauvres vic-
times que nous sommes! Des toilettes,
des bijoux, des plaisirs... Voilà ce
qu'on donne comme aliment à l'acti-
vité de notre cœur ! mais il n'y a pas
que cela dans la vie... il y a l'amour!

Aréthuse resta un instant son-
geuse ; Philéas en profita pour se for-

muler une petite théorie sur les réflexions que, se croyant seule, madame
Follavoine exprimait tout haut, comme
pour s'encourager et s'absoudre.

— L'amour, pensait Philéas, que
c'est comme qui dirait une pierre d'a-
choppement sur le chemin de la vertu,
et que, sans le chasse-pierres de l'hy-
ménée, patatra ! ça fait dérailler le
convoi de l'estime et de la considéra-
tion de soi-même et des autres.

— J'ai beau me dire qu'il m'aime...
que je l'aime... reprit Aréthuse ; je ne
sais... je sens là... je ne puis m'en
rendre compte... il me semble que
c'est... comme une voix intérieure...

— C'est la conscience, pensa le
brave cantonnier.

— Mais, maintenant, je me suis trop
avancée pour reculer.

— Que la femme est donc un être
imparfait ! se dit le philosophe Philéas.

Un bruit de pas bien légers se fit
entendre dans la pièce voisine, mais
Aréthuse était trop absorbée pour y
prendre garde.

# X

## OU PHILÉAS OPÈRE UN PREMIER SAUVETAGE.

Sosthènes, apercevant Aréthuse immobile et comme endormie, s'approcha d'elle avec des précautions infinies ; puis, mettant un genou à terre, il lui prit vivement la main qu'il couvrit de baisers.

Aréthuse, surprise, dégagea sa main, se leva comme poussée par un ressort et tout inquiète :

— Sosthènes !... vous ici !... Comment êtes-vous entré ?

— Par la porte, ma cousine ; elle était entr'ouverte... mais rassurez-vous, je l'ai renfermée.

— Bon! un cousin, se dit Philéas, ça va chauffer.

Aréthuse tremblait de tous ses nerfs.

— Mon ami, reprit-elle, il faut vous en retourner... tout de suite.

—Déjà! fit Sosthènes; oh! pas avant de vous avoir dit combien je vous aime... pas avant d'avoir entendu vôtre bouche redire cet aveu si doux que vous me fîtes à la dernière soirée de M^me de Blainville. Je suis si heureux depuis ces huit jours.

— Mais, mon ami , songez donc au danger...

— Le danger, je le brave. Je le cher- cherais même pour vous prouver mon amour.

— Je sais que vous avez une belle âme; vous êtes ardent, ambitieux, vous voulez arriver, vous arriverez, mon ami. M. Follavoine qui vous aime beaucoup... aussi..., vous a chau- dement recommandé à vos supé- rieurs.

— Oui, grâce à vous, chère cou- sine; sans vous, sans votre protec- tion, je serais encore surnuméraire, tandis que...

— Ne parlons pas de cela.

— Alors, laissez-moi vous aimer, c'est tout ce que je demande. Être aimée, cousine, c'est commander à un esclave, et je veux être le vôtre.

Tout en parlant ainsi, Sosthènes avait ramené Aréthuse près du canapé, de sorte qu'au premier mouvement en arrière que fit M<sup>me</sup> Follavoine pour fuir son cousin elle se trouva subitement assise. Il prit place près d'elle.

— Sosthènes, vous n'êtes pas raisonnable, murmura-t-elle.

— Vous aimer et être raisonnable !... un Dieu ne le pourrait pas.

Philéas, témoin invisible et auriculaire de cette petite scène, se grattait la tête comme s'il eût été en cause et aux lieu et place du mari.

— On ne triomphe que d'une passion qu'on n'a pas, ou qu'on n'a plus, continua Sosthènes, tandis que la mienne...

— La vôtre, mon ami, interrompit Aréthuse d'une voix si douce qu'il était aisé de reconnaître qu'elle se complaisait à la pensée d'être si ar-

demment aimée, il en sera comme de
la lune... dès qu'elle ne pourra plus
croître, elle diminuera.

— Vous ne le pensez pas, cousine.

— Croyez-moi, Sosthènes, l'amitié....

— L'amitié, c'est la nuit ; l'amour,
c'est la lumière !... Ah ! laissez-moi
vous regarder, vous adorer....

— Mon Dieu, quelle agitation !...
fit Aréthuse, qui commençait à faiblir
et à ne plus savoir comment faire pour
dominer la situation.

— Je voudrais passer toute ma vie
à vos genoux, m'enivrer de vos re-
gards, du parfum que vous exhalez
comme une fleur... je voudrais mou-
rir à vos pieds...

— Eh bien, non, se dit à part lui
Philéas qui ne se souciait pas d'as-
sister plus longtemps à cette scène.
Ça va dérailler.

Et aussitôt il tira de son cornet à
bouquin un son formidable.

— La corne de mon mari ! s'écria
Aréthuse en s'arrachant des bras de

son cousin et en se sauvant du côté de la cuisine.

Sosthènes effrayé voulut fuir aussi, mais il lui fut impossible de faire un pas en avant : une main, une poigne solide le retenait par la jambe. Il faillit même s'évanouir lorsqu'il entendit une voix narquoise lui dire :

— Vous allez bien, vous !

— Grâce ! fut la seule parole qu'il put parvenir à bégayer, pendant que Philéas, sans lâcher la jambe de Sosthènes, qui lui servait de levier, se tirait de dessous le canapé.

— Parait que vous aimez voyager à grande vitesse, monsieur le cousin... train express, malle de l'Inde, quoi ! que ça de luxe !

—Ne nous perdez pas, voici de l'or, prenez, put enfin articuler Sosthènes, qui fit glisser de son porte-monnaie quelques louis dans sa main.

A cette offre inattendue, Philéas quitta le ton gouailleur qu'il avait pris et devint sérieux :

— Nous ne nous entendons plus,

jeune homme. Je ne suis qu'un simple employé, c'est vrai, mais...

— Je vous en promets le double, interrompit Sosthènes, que l'état d'inquiétude dans lequel il se trouvait empêchait de comprendre.

— Allons donc! répliqua Philéas; chez moi, monsieur, le train de l'honneur ne s'est jamais remisé dans la gare de l'infamie.

— Mais dans quel but étiez-vous là?

— Ça, c'est autre chose.

Philéas allait expliquer sa présence fortuite lorsque l'on entendit dans la pièce voisine une porte se fermer en claquant, et des pieds frapper le parquet avec bruit comme pour secouer la poussière ou la boue des semelles, ainsi que tout mari bien élevé doit prendre l'habitude de faire.

— Le patron! s'écria Philéas; gare la rencontre! Venez-vous?

Et il se glissa subtilement sous le canapé.

— Vous savez, ajouta-t-il, la prudence, c'est encore du courage. Quand

les choses ne veulent pas s'accommoder à vous, il faut bien s'accommoder
à elles.

Vaincu par ce raisonnement, Sosthènes s'en alla tenir compagnie à Philéas sous le canapé.

———

# XI

OU M. FOLLAVOINE SE LIVRE A DES VA-
RIATIONS SUR UN THÈME CONNU.

Arrivé dans la salle au canapé,
M. Follavoine alla aussitôt à son cabinet, d'où il ressortit pour jeter un
coup d'œil dans la chambre de sa
femme.

— Hein ? il était temps ; voilà le main
qui arrive ! disait Philéas à son compagnon de cachette.

— Personne... personne... où di ble
ble peut-elle être ? marmottait entre
ses dents M. Follavoine. A sa chambre ? hé, hé !... si... oh ! non... Et les
voisins !.. D'ailleurs, rien ne presse :
Mme Follavoine, comme toutes les

femmes, aime à babiller... J'irai la
chercher à cinq heures. D'ici là, en
homme habile, profitons de l'occasion
que j'ai fait naître. Ouf ! fit-il en se
laissant choir lourdement sur le canapé, qui craqua de tous ses mem-
bres.

Pendant qu'Aréthuse , enfermée
dans la cuisine, s'escrimait à éplu-
cher les légumes pour le dîner, aux
lieu et place de Nicolle, qu'elle avait
envoyée en course pour deux grandes
heures au moins, M. Follavoine ,
étendu sur son canapé, se vautrait, se
tournait, se retournait, comme si pour
la première fois il lui trouvait des
douceurs sans pareilles. Par interval-
les il laissait échapper quelques mots
qui traduisaient la parabole que dé-
crivaient ses pensées :

— Laver la vaisselle, décrotter les
chaussures, non, ce n'est pas son lot...
Elle vaut mieux que cela...

Alors Sosthènes disait tout bas à
Philéas :

— Ah ! mon cousin s'intéresse à sa
servante.

— Il paraît... comme vous à sa femme, répliquait Philéas à Sosthènes.

— Hé, hé ! continuait M. Follavoine ; hé, hé ! le choix du champ de bataille aide souvent à la victoire... Il faudra bien qu'elle capitule...

— Dites donc, disait alors Sosthènes à Philéas, si elle vient... ça va être drôle.

— Elle ne viendra pas, ripostait Philéas.

— Entendez-vous des pas de femme?...

— C'est votre cousine.

M. Follavoine aussi avait entendu les pas que signalait Sosthènes à Philéas ; il avait quitté son « champ de bataille » et était venu se poster derrière la porte de la chambre de sa femme, où Nicolle venait de pénétrer pour en ressortir aussitôt.

Comme elle rentrait, il lui prit la taille.

Nicolle jeta un cri.

— Vous disiez qu'elle ne viendrait pas, dit Sosthènes à Philéas.

# XII

OU PHILÉAS, PRENANT TEXTE DU PRO-
VERBE QUI DIT : « IL NE FAUT METTRE
A L'ÉPREUVE NI VERRE NI FEMME, »
ACCOMPLIT UN SECOND SAUVETAGE.

— Ah ! monsieur, reprit Nicolle,
vous m'avez fait une fière peur.

— La peur te sied bien, Nicolle ;
tu es cent fois plus jolie ainsi, allons,
timide colombe, remets-toi ; nous
sommes seuls. Ma femme est loin
d'ici ; nous avons deux heures à nous ;
viens près de moi, et écoute.

— D'abord, monsieur, si c'est pour
me dire des bêtises comme ce matin,
ce n'est pas la peine : ce serait du
temps perdu.

— Des bêtises ! tu appelles cela des bêtises ?

— Oh ! mais, un peu, là.

— Je ne te demande qu'une petite place dans ton cœur.

— Il y a quelqu'un.

— Moi, souffla Philéas à l'oreille de Sosthènes.

— Tu lui donneras congé, répliqua M. Follavoine.

— Peut-être que ça se pratique comme ça dans votre monde à vous, riposta Nicolle ; mais dans notre monde à nous, ça ne se fait pas. Quand nous aimons, c'est pour tout de bon.

— Eh bien ! moi aussi je t'aime pour tout de bon.

— Ah ! ouiche ! je le connais, cet amour-là : des feux de paille... ça dure une saison, un mois, huit jours plus ou moins : puis après... Merci, je ne me chauffe pas à ce feu-là.

— Mais mon amour à moi sera éternel.

— Croyez-moi, monsieur, si vous avez tant besoin d'aimer que ça, eh bien !... aimez votre femme.

—Ma femme... ma femme... balbutia M. Follavoine un peu déconcerté par la logique de sa bonne, est-ce qu'on aime sa femme !

— Ah !... alors, un autre l'aimera, et... ma foi, tant pis pour vous.

— Je ne crains pas cela. Aréthuse est une femme vertueuse.

— Bien sûr, monsieur. Mais , en bonne conscience, croyez-vous qu'un mari qui n'aime pas sa femme ait bien le droit de compter sur sa fidélité ? Dans ce cas-là, moi, je crois qu'il arrive toujours un instant où l'on ne sent plus beaucoup la nécessité de rester vertueuse.

— Tu es un petit démon. Mais laissons là ma femme, et parlons sérieusement.

Nicolle regarda M. Follavoine dans les yeux, et, lui riant au nez, elle répondit :

— Je crois que ce n'est guère possible.

— Veux-tu des robes de soie, des dentelles, un paletot de velours, une montre en or, des bagues, des boucles d'oreilles en diamant ? Veux-tu être belle, oh ! mais là, à faire envie à toutes les femmes ?

Nicolle se taisait. L'énumération de ces richesses, qu'elle n'avait jamais osé rêver, l'éblouit et lui occasionna une sorte de vertige. M. Follavoine continua :

— Veux-tu un appartement avec tout un mobilier d'acajou ou de palissandre, à ton choix ?... un boudoir tendu de soie rose capitonnée, avec une armoire à glace où tu pourras te mirer des pieds à la tête ?... un cachemire de l'Inde ?...

— Certainement, tout ça c'est bien beau, soupira Nicolle ; mais, réflexion faite, voyez-vous, monsieur, ce n'est pas mon lot. Je ne veux pas qu'on dise de moi : « Vous savez bien, la petite Nicolle qui faisait tant sa fière... eh bien ! à cette heure, c'est une cocotte ! »

Philéas, qui suait à grosses gouttes sous le canapé, se sentit tout à coup soulagé comme si on lui avait enlevé un poids énorme de dessus la poitrine. Il était glorieux de la réponse

de sa Nicolle, et, poussant du coude
son compagnon de captivité :

— Hein ? fit-il.

— Vous avez de la chance, répondit celui-ci.

M. Follavoine, ne se tenant pas pour
battu, renforça ses propositions.

— Comment ! tout cela ne te tente
pas ? Voyons, réfléchis.

— Si, tout ça me tente bien d'un
sens, mais pas de l'autre.

Philéas, craignant de voir faiblir
Nicolle, s'apprêtait à souffler dans son
cornet à bouquin, lorsque Sosthènes
l'arrêta.

— Un instant donc, fit-il.

— M'est avis, répliqua Philéas, que
les femmes, c'est comme les verres ;
faut pas trop les mettre à l'épreuve.

— Une minute encore.

M. Follavoine voulait la victoire à
tout prix :

— Écoute, Nicolle, pour te prouver
que mon amour est tout ce qu'il y a de
plus sérieux, à tout ce que je viens
de t'offrir, j'ajouterai une inscription

de rentes au Grand-Livre... songe !
des rentes au Grand-Livre !

— Ah ! ma foi... se dit Philéas ; et il
poussa un son de détresse dans son
cornet à bouquin.

L'effet espéré eut lieu.

— C'est madame ! s'écria Nicolle.

Et, elle se sauva éperdue vers sa
cuisine.

— Ma femme rentrée ! exclama M.
Follavoine.

Et, dans son ahurissement, ne sachant où donner de la tête, il se laissa
retomber sur le canapé.

# XIII

OU M. FOLLAVOINE DÉCOUVRE QUE
SON CANAPÉ EST HABITÉ PAR DEUX
PERSONNES, ET COMMENT IL PAR-
TAGE LEUR RETRAITE.

Si M. Follavoine n'avait pas été si
troublé, il eût certes entendu le chu-
chotement qui se faisait dans les en-
trailles de son meuble de prédilection :

— Bien joué, disait Sosthènes à
Philéas.

— Il a manqué le convoi, répliquait
celui-ci.

— Bon, voilà ma cousine qui fait
une scène à sa bonne, reprenait Sosthènes, entendant deux voix de femme
discuter dans la pièce voisine.

— Je suis pincé, mâchonnait M.
Follavoine.

Et il esquissait déjà une fugue vers son cabinet, lorsque Sosthènes, sortant la tête de dessous la housse du canapé :

— Cousin, hé! cousin... cria-t-il ; par ici... il y a encore de la place pour un.

— Hein ? fit M. Follavoine surpris ; et s'approchant du canapé : — Sosthè-thènes !... Ah ! traître, que fais-tu là?... un étranger ? ajouta-t-il en apercevant la tête de Philéas qui surgissait à son tour.

—Faites excuse, patron, je ne suis point un étranger tout à fait ; je suis de la Compagnie...

Les voix d'Aréthuse et de Nicolle se rapprochaient. La main fiévreuse de M^me Follavoine tourmentait déjà le bouton de la serrure ; la porte allait s'ouvrir.

— Vite, garez-vous, dit Sosthènes.

—Ou gare le choc ! ajouta Philéas.

Mettant toute dignité de côté, M. Follavoine se jeta à plat ventre, et rampa à reculons sous le canapé.

Au même moment, Aréthuse faisait

irruption dans la salle, suivie de Nicolle.

— Je vous assure, madame, je vous
jure que j'ai remis moi-même la lettre à la personne. Madame m'avait dit
comme ça de prendre l'omnibus... Le
premier, complet... le second, complet encore : j'ai pris une voiture.

— Vous feriez bien mieux de ne
pas être si habile pour certaines choses, et de l'être davantage pour certaines autres.

— Je ne comprends pas, madame ;
mais si c'est de la lettre de ce matin
que madame veut parler...

— Assez, vous dis-je... et venez me
déshabiller.

## XIV

### COMMENT PHILÉAS, APRÈS DEUX SAU-VETAGES, EN ACCOMPLIT ENCORE TROIS AUTRES.

Les trois prisonniers que recélait le canapé n'eurent pas plus tôt entendu se refermer derrière les deux femmes la porte de la chambre d'Aréthuse, qu'ils quittèrent leur cachette.

Le danger était passé et M. Follavoine avait recouvré toute sa présence d'esprit.

— A nous trois ! fit-il. Que signifie ce jeu de cache-cache ? Dans quel but cet espionnage ?

Sosthènes, ne sachant que répondre, se contentait de rire malignement au nez de M. Follavoine.

—Voyons, expliquez-vous, continua celui-ci.

Philéas comprit l'embarras du jeune homme, et comme il était dans sa nature de jouer le rôle de chien terreneuve, il n'hésita pas, après avoir déjà sauvé Aréthuse et Nicolle, à sauver aussi le jeune cousin. D'ailleurs, du même coup il sauvait lui-même du sgnanarellisme et M. Follavoine d'une perspective de dandinisme.

— Moi, d'abord, monsieur, je m'appelle Philéas de mon nom. Quant à ma profession, si monsieur veut bien se rappeler que c'est lui qui a eu l'honneur de me faire entrer à la Compagnie... Vous savez bien... C'est mamzelle Nicolle qui...

—Ah ! c'est toi... Eh bien ! après ?...

— Pour lors, monsieur, voilà ce que c'est : Vous avez peut-être bien dû vous apercevoir que M. votre cousin ne ratait jamais l'occasion de venir ici quand vous n'y êtes pas...

— Lui ? exclama M. Follavoine.

— Moi ? protesta Sosthèmes.

— Oui, lui ; oui, vous ! affirma
Philéas.

— Mais, malheureux, tu me perds,
dit Sosthènes à Philéas à voix basse.

— Je vous sauve, au contraire, répliqua celui-ci sur le même diapason.

— N'en croyez rien, mon cousin,
reprit Sosthènes.

— Hum ! réfléchissait M. Follavoine,
c'est donc ça que je ne le vois jamais.
Est-ce que ma femme ?... Voyons,
achève.

— Donc, continua Philéas, je veillais
au grain, autant que mon service me
le permettait. Je savais que M. votre
cousin accourait à toute vapeur à la
gare de votre domicile qui est en
même temps l'embarcadère de mes
amours. J'aime Nicolle, Nicolle
m'aime ; vous comprenez que je tiens
à ce qu'elle me soit fidèle. En fait
d'amour, voyez-vous, chacun pour
soi.

Le visage renfrogné de M. Follavoine se rasséréna tout à coup. Dès
l'instant que sa femme n'était pour
rien dans les visites occultes de son

cousin, sa bonne humeur habituelle, lui revint. Interpellant Sosthènes :

— Ah ! ah ! mauvais sujet, tu fais la cour à Nicolle ?

— Dame ! reprit Philéas ; c'est qu'il faut avoir des yeux pour ce qu'on ne veut point perdre. Je continue : Pour lors, je crois mettre la main dessus, vu que nous étions indubitablement engagés sur la même voie... Personne. Je me demandais quel embranchement il avait bien pu pouvoir prendre, lorsque monsieur signala son arrivée. Craignant moi-même une rencontre, j'avise le tunnel de ce canapé, et voilà-t-il pas que j'y découvre M. votre cousin ! Mais voilà bien une autre histoire : Nicolle, par-devers vous, qui court un danger bien autrement sérieux. Vous me représentiez, comme qui dirait une blocaille sur la voie où courent mes amours... Vous concevez : j'ai eu peur que mon bonheur déraille, et, ma foi, j'ai corné.

— Ce n'était donc pas ma femme ?

— Non, patron, c'était moi.

— Vois-tu, mon garçon, moi, ça ne

tire pas à conséquence. C'était une épreuve, une simple épreuve... Je voulais tout simplement m'assurer si Nicolle était femme à faire le bonheur d'un brave garçon comme toi. Va retrouver Nicolle à la cuisine, et si elle consent à t'épouser, je me charge de ton avancement. Sosthènes et moi nous allons en parler à ma femme. Va, mon garçon, va.

— Merci, patron! s'écria Philéas en s'enfuyant vers la cuisine.

# XV

## OU LE MARI ET LE COUSIN D'ARÉTHUSE NE PEUVENT SE REGARDER SANS RIRE.

Philéas n'était pas sorti de l'appartement que M. Follavoine et Sosthènes, joyeux de s'être tirés à si bon compte de leur aventure, se tournèrent l'un vers l'autre, et partirent tous deux d'un franc éclat de rire.

— Eh bien?... petit serpent! fit M. Follavoine.

— Eh bien?... cousin! riposta Sosthènes.

— C'est comme ça que tu vas sur mes brisées ?

— Permettez, cousin, il me semble...

— Je ne t'en fais pas compliment...

une cuisinière! un jeune et beau garçon comme toi !... Ah!

— Mais vous-même, mon cousin...

— Moi, c'est différent... je suis
marié. Non, je veux dire, c'était une
épreuve.

— Jolie épreuve. Et si le cornet n'a-
vait pas.... corné....

— Hé! hé!... Tais-toi, mauvais sujet.

— Mais si ma cousine vous avait
surpris?

— Je l'avais éloignée à dessein.

— Mon cousin, vous êtes un profond
scélérat.

— Tais-toi, tais-toi.

Et ils se reprirent à rire encore en
se dévisageant.

— Mais qu'on est donc bête quelque-
fois, mon Dieu, qu'on est donc bête ! s'é-
cria tout à coup M. Follavoine, m'é-
tais-je pas figuré un instant que c'était
pour Aréthuse que tu...

— Oh! cousin... Vous avez pu sup-
poser...

— Mais non, mais non. Je sais bien
que cela n'avait pas le sens commun.

Je connais Aréthuse comme moi-
même. J'ai bientôt apprécié et jugé
une femme, va, moi. Un coup d'œil
infaillible. Je ne me trompe jamais.

— A la bonne heure.

— A propos, j'ai une lettre pour
toi... de la direction. Je te l'aurais envoyée ce soir ; mais puisque te voilà,
tiens, entre dans mon cabinet ; s'il y
a une réponse, tu l'écriras.

# XVI

## COMMENT M. FOLLAVOINE, SANS S'EN DOUTER, FAIT ENDURER A SA FEMME LE PLUS ATROCE SUPPLICE.

M. Follavoine, ayant guidé son cousin dans son cabinet, s'en allait frapper à la porte de la chambre de sa femme lorsque celle-ci se présenta.

— Ah ! mon ami, dit-elle en s'empressant au-devant de lui, que je suis désolée de la course que je vous ai fait faire inutilement.

— Laissons-lui son illusion, pensa M. Follavoine. Puis, tout haut, et conduisant sa femme au canapé, où il la fit asseoir et où il prit place aussi : — Cela ne vaut pas un regret, je t'assure. Mais nous avons à causer sérieusement, et une décision grave à prendre.

— Parlez, mon ami, je vous écoute,
répondit Aréthuse avec une insou-
ciante tranquillité.

M. Follavoine prit un ton grave et
mystérieux.

— Il se passe ici des choses... Ah!
j'en ai appris de belles sur M. Sosthènes...

Aréthuse devint subitement inquiète.

— Il paraît, continua M. Follavoine,
qu'il y a ici un aimant qui l'attire, et
le sournois profite des instants où il
me sait dehors pour s'introduire ici.

L'inquiétude d'Aréthuse redoubla.

— Ne t'en es-tu donc jamais aper-
çue ?

— Moi ? fit-elle toute troublée, je ne
sais ce que vous voulez dire.

— Ainsi, pas plus tard qu'aujour-
d'hui... mon Dieu, oui.... Mais je crois
que nous nous devons à nous-mêmes
de ne point tolérer de tels abus.

— Il sait tout, pensa Aréthuse se
sentant défaillir.

M. Follavoine prit un ton doctoral :

— Parce qu'il est notre cousin, ton

cousin à toi... Certes, c'est un gentil
garçon, je ne dis pas le contraire...
Mais ce n'est pas une raison pour
pousser la parenté jusqu'à la licence,
que diable !

Aréthuse sentait l'étouffement l'é-
treindre.

— Dans son intérêt, comme dans
le tien, comme dans le nôtre, je crois
qu'il faut brusquer la situation et tran-
cher la question d'un seul coup.

Aréthuse fermait les yeux et se
mourait.

— Certes, qu'une femme ait du
goût pour lui, c'est assez naturel ; il
est jeune, il est beau... A son âge on
a la langue dorée, et... ma foi... on ne
sait pas ce qui peut arriver. Ça peut
devenir grave, très-grave, plus grave
qu'on ne pense. Aussi, je crois qu'il
faut porter le fer rouge d'une prompte
décision sur la racine du mal, avant
que...

— Aréthuse, torturée, fit un effort
violent sur elle-même, et elle s'écria :

— Oh ! mais abrégez donc, monsieur ; vous me mettez au supplice.

— Eh bien! voilà... fit M. Follavoine sans se départir de son flegme,
il faut nous séparer...

— Nous séparer? interrompit Aréthuse affolée.

— De Nicolle, oui; ou interdire à
Sosthènes l'entrée de notre maison.

Aréthuse, qui attendait un éclat, fut
si surprise de ce dénouement imprévu,
qu'elle ne put que balbutier sans comprendre :

— Nicolle? Sosthènes?...

— Tu ne comprends pas?... O naïveté,
de la vertu! Sos-thè-nes ai-me-Ni-
colle, là.

— C'est impossible! fit Aréthuse
en se levant tout à coup.

— C'est aussi ce que je me disais.
Mais devant des preuves, des aveux,
le doute n'est plus permis.

— Me tromper ainsi!

— Oui, nous tromper ainsi!

— C'est indigne.

— La jeunesse, repartit M. Follavoine sans prendre garde à l'état d'irri-
tation de sa femme, la jeunesse, c'est
enragé... et les enragés, ça mord par-

tout. Je te quitte une minute, je reviens à l'instant, chère amie.

Et il entra dans son cabinet.

———

# XVII

OU ARÉTHUSE, RASSURÉE SUR LES CON-
SÉQUENCES DE SON IMPRUDENCE, DE-
VIENT ARROGANTE ENVERS SA SER-
VANTE, ET EN REÇOIT UNE LEÇON.

— Le traître ! se dit alors Aréthuse, restée seule ; le lâche ! me tromper... et pour une servante !... Je m'explique maintenant l'arrogance de cette fille. Heureusement M. Follavoine ne sait rien.

Furieuse contre Nicolle qu'elle croyait, bien à tort, coupable d'avoir accaparé l'amour de Sosthènes à son détriment, elle la héla d'une voix rogue.

Nicolle, qui était occupée à remettre dans le vestiaire la toilette dont M^me Follavoine venait de se séparer, accourut à son appel.

— Madame ? interrogea-t-elle.

— Faites votre paquet, répondit séchement Aréthuse.

— Mon paquet ?... Madame me renvoie ?

— Je ne veux pas dans ma maison d'une fille qui a un amant.

— Ah ! fit Nicolle tout interloquée d'un ordre auquel elle s'attendait si peu.

Mais, reprenant aussitôt toute l'audace d'une servante qui tient sa maîtresse par la connaissance de son secret :

— Ma foi, madame, ajouta-t-elle, si l'on mettait à la porte toutes celles qui ont un amoureux, il y a bien des femmes, même mariées, qui seraient sur le pavé.

— Qu'est-ce à dire ? répliqua Aréthuse d'un ton hautain.

— Rien, madame ; je m'entends.

Et, lui décochant la flèche du Parthe, elle ajouta :

— Mais on voit bien que madame n'a pas consulté monsieur son mari.

— Sortez ! lui cria Aréthuse furieuse.

———

# XVIII

## COMMENT M. FOLLAVOINE SE CROIT SUPÉRIEUR A TITUS, ET OU IL EST PROUVÉ QUE TOUT EST BIEN QUI FINIT BIEN.

Sur le mot « sortez! » adressé par Aréthuse à Nicolle, M. Follavoine opérait sa rentrée dans la salle. Il portait son cornet à bouquin en sautoir, comme d'habitude quand il ne devait plus sortir.

— Qu'est-ce ? qu'y a-t-il ?

— Rien; Nicolle nous quitte, répondit Aréthuse.

— C'est-à-dire que madame me chasse, réclama Nicolle en accentuant fortement le dernier mot d'un ton vexé.

— Attendez, Nicolle, intervint M. Follavoine avec sa bonhomie paterne; nous allons arranger cela.

— Comment, monsieur, récrimina Aréthuse outrée; vous me désavouez?... et devant cette fille? ajouta-t-elle en appuyant avec mépris sur le mot « fille ».

— Mais non, mais non; au contraire, chère amie, fit M. Follavoine prenant le rôle de conciliateur; tu vas voir.

Et embouchant son cornet à bouquin, il en tira un son prolongé auquel répondit instantanément un son de même nature.

Aréthuse, ne concevant rien à cet appel, croyait que son mari perdait la tête; mais en voyant un étranger accourir aussitôt, elle ne comprit plus du tout la situation.

Philéas s'arrêta sur le seuil de la porte.

— Présent, mon commandant! Que vous m'avez indiqué que la voie elle est circulatoire... Bonjour, la compagnie.

Nicolle, non plus, ne comprenait pas que Philéas fût encore dans la maison et qu'il s'entendit si bien avec son maître.

— Approche, lui dit M. Follavoine, tu m'as demandé la main de Nicolle?

— Voui, mon colonel, et que je vous le réitère.

— Nicolle consent-elle ?

— Je crois bien, monsieur, répondit celle-ci; je ne demande que ça.

— Alors, c'est entendu, mon garçon.

— Merci, mon général. Mais, ajouta-t-il en lui-même, il n'y aura pas de canapé dans la corbeille de mariage.

— Qu'est-ce que tout cela signifie? interrogea Aréthuse.

— Hé! répondit M. Follavoine d'un ton bonhomme; ces deux enfants s'aimaient; et quand on peut faire le bonheur de quelqu'un, règle générale, il ne faut jamais hésiter.

— Ah! répliqua Aréthuse d'un air vexé; quand on... il ne faut jamais hésiter ?

— Sans doute, reprit M. Folla-voine.

Puis allant à la porte de son cabinet :

— Est-ce fini ? cria-t-il.

— Voilà, voilà ! répondit-on de l'intérieur.

— Sosthènes ici ? fit Aréthuse.

— Lui aussi il est heureux ! répliqua M. Follavoine.

Sosthènes accourut et, allant à sa cousine pour lui prendre la main et la baiser, se vit accueillir par ces paroles :

— Laissez-moi, monsieur, je vous déteste.... Je vous défends même de jamais m'adresser la parole.

— Bah ! pardonne-lui, dit M. Follavoine.

— Hélas ! cousine, je viens vous faire mes adieux. Je pars. Voici ma nomination au chemin de fer de Suez.

— Il va percer l'isthme ! s'écria Nicolle étonnée.

— Puisque mon mari le veut, je

vous pardonne, reprit Aréthuse en lui tendant la main.

— A la bonne heure ! s'écria M. Follavoine. Moi, je suis aujourd'hui plus fort que Titus : il se contentait de faire un heureux par jour, et j'en ai déjà fait trois : Nicolle, Philéas et Sosthènes. Je pourrai même ajouter que ça fait quatre, en me comptant.

— C'est égal, dit tout bas Philéas à Nicolle, sans moi, il y en aurait eu du grabuge aujourd'hui ! Je t'expliquerai cela le lendemain de nos noces.

FIN

# TABLE DES MATIÈRES

Poitiers, typ.-lith. de l'Ouest : J. RESSAYRE. — Paris, 3, rue d'Aboukir.

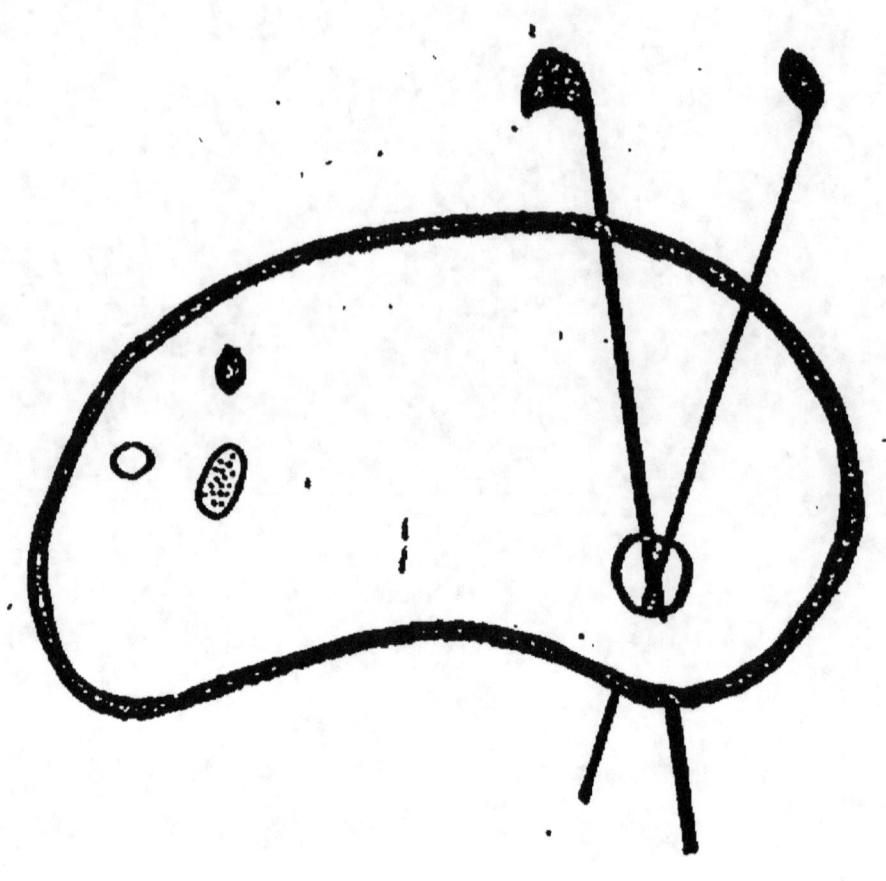

ORIGINAL EN COULEUR
NF Z 43-120-8

www.ingramcontent.com/pod-product-compliance
Lightning Source LLC
Chambersburg PA
CBHW070747280626
47162CB00017B/2410